JN317940

この本は、須藤元気氏と森沢明夫氏がやりとりしたメールの文章の中から、そのエッセンスを抜き出して編集したものです。

あなたの人生においての幸福や成功に、少しでもお役に立てていただければ幸いです。（編集部）

もくじ

学びについて

（森沢）私たちはみな、生まれた瞬間から常に何かを学びながら成長している。学びなくして成長なしとも言われるが、本当の意味で身につく普遍的な学び方とは何だろうか？

（須藤）「学ぶは真似る」と言いますが、人間というのは、まったく無の状態から何かを生み出すことはそうそうできないものです。

例えば、これからミュージシャンになろうと思っている人が、これまで誰もやっていないような新しいジャンルの音楽をいきなり無の状態から創造しようとしても難しいものです。では逆に、すでに名を馳《は》せたミュージシャンはどうなのかというと、そもそも、彼らにも好きな音楽があったり、リスペクトするアーティストがいたりして、それを聴き込んでいるはずです。そして、そういったものを基礎として、その人なりの音楽を創造するに至ったわけです。

学びの基本は、『守《しゅ》・破《は》・離《り》』の法則です。

守って、破いて、離れる。

最初は先生の教えを忠実に『守り』ます。そこで物事の基礎を身につけます。それができたら次は、基礎を『破り』つつ、そこに自分なりの色をつけていきます。いわばアレンジです。アレンジができたら先生から『離れて』完全にオリジナル化する。それが『守・破・離』の法則です。

もしも、ボブ・マーレィを敬愛するミュージシャン志望がいるとします。その人はまず、ボブ・マーレィの音楽をしっかり聴き込んで、ボブになりきります。しかし、ここでポイントがあるのですが、マリファナを吸ってはいけません。捕まります。完璧にコピーできるようになったら、今度はちょっと自分の好みにアレンジして演奏してみたりして、味付けを楽しむ。それもできるようになったら、自分のオリジナル曲を創造すればいいのです。

料理、絵画、音楽、ダンス、ボケ、ツッコミ、何でもそうですが、学びのスタート時は他人のアプローチの仕方を真似るのが近道です。人生にも『守・破・離』の法則があてはめられますので、素敵な生き方をしている人や尊敬できる人を見つけたら、この法則を使ってみたらいいと思います。

そして、それらを効率的に成長させる方法は、学ぶときに一気呵成《いっきかせい》にやってしまうことだと思います。いわゆるインフレ・スパイラルの状態を作ってしまうのがいいかもしれません。これはこのような流れです。

「何か物事を始めたときは、自分の成長が手に取るようにわかるから楽しい↓楽しいから辛さを感じない↓辛くないからどんどん練習に打ち込める↓練習するから身につく↓身につくからさらに楽しくなって練習にいっそう励むようになる↓さらに練習に励めば、さらに上達して……」

こういう上昇志向のスパイラルに自分自身をはめます。


上昇志向のスパイラルの中にいても、いつかは必ず行き詰まることがあると思うのだが？

行き詰まったら、そこでひと呼吸置くのが正解です。やっていた勉強からスッパリと離れて、まったく違うことを楽しむようにします。行き詰まったときに無理やり頑張って、それまでと同じペースでやろうとしても新しいものは生まれません。その状態が、よくいう『スランプ』です。

ちなみに、僕は中学3年生のころの一時期、てりやきマックバーガーが大好きでマックに就職しようかと真剣に考えていました。しかしあるとき、突如として美味しく感じなくなったのです。そのとき、ふとしたきっかけでフィレオフィッシュを食べてみたのですが、

お、美味しかった。

自分はなんて卑しい男だと思いながらも、てりやきバーガーのことを忘れてフィレオフィッシュばかりを口にしていました。すると今度はフィレオフィッシュを美味しく感じなくなった。そしてもう一度てりやきバーガーを食べてみたら、

お、美味しかった。

あの味が蘇《よみがえ》っていたのです。つまり、そういうことです。

人の成長というものは、階段みたいなグラフを描くものですから、成長するときは上に向かって一気に上っていって、行き詰まったらふっと離れてグラフを横に進ませるのがいいのです。

横に進むのは一見すると無意味なようですが、実はそうとも言いきれません。横ばいに進んでいる間には、学んできたものの『活性化』がなされます。『活性化』というのは、修得したものが本当の意味で身につくことです。また横ばいのときにこそ、次の階段を一気に上っていくためのエネルギーが蓄積されていきます。

もし、油絵を体得しようと思ったら、毎日、油絵ばかり練習します。つまり、一気にグラフを上に向かせます。1ヶ月くらいやり続けて、描き方の感覚をつかんで自分のモノになってきたとき、たいてい行き詰まりそうになるのですが、そこでふっと練習をやめる。まったく油絵はやらないようにします。横ばいの期間に入るわけです。そして1週間後、思い出したように油絵を描くと、それまでの練習の成果が自然と自分のものになっているので、いい絵が描けるはずです。

勉強は、お酒と似ています。熟成期間を設けることによって、美味しいお酒ができるのと同様、勉強したものも熟成期間に『活性化』されて、自分のものになります。

インフレ・スパイラルに自分をはめるコツは、楽しんでやることです。辛いことは一気呵成になどできません。「レッツ・エンジョイ・イングリッシュ」とはよく言ったものです。

熟成させることによって美味しいお酒ができるのと同じで、
勉強したものも熟成期間を設けると「活性化」されて
自分のものになる

何かを学べるということは幸せなことだと言う人がいる。また、幸せになるために学びがあると言う人もいる。どこか禅問答のようだが、いったい勉強の本質とは何だろうか？

勉強とは、物事を変革するための道具です。

カール・マルクスが「今までの哲学者たちは、世界を解釈していたにすぎない。重要なのはそれを変革することである」と言っていましたが、これは勉強というものの本質を実によく表現していると思います。ようするに、勉強したことを生かして『行動』を起こさないと、世界は何も変わらないということです。

『理解している』状態から、行動して『知っている』状態に移行することが大切なのです。

例えば、ある人が、経済の動きやお金の流れを勉強したとします。その際、株の買い方も覚えて、投資のコツも理解した。そうなるとその人は、「自分は投資家になれば必ず儲けられる。金持ちになって、ジュリアナ東京を復活させるぞ！　ビバ・ダブル浅野！」と思いはじめます。でも、そう思っただけでは、お金は稼げません。お金を儲けるには行動に移すことが必要です。つまり実際にお金を動かさないと、利益は生まれない。

行動に移さないで、言いたいことだけ言うのは単なる批評家でしかありません。それを職業にした場合をのぞけば、批評をするのはそう難しいことではありません。

誰かを批評したり批判したりするのは楽ですが、人を批評すれば自分も批評されます。この世の中は、人をさばけば自分もさばかれるのです。

「自分は優しい人間だ」と思っている人も、優しさを実際に行動でもって表現しないと、ただ単に、優しいという概念を持っているだけの人で、まだ優しい人ではないことになります。下手をするといつも仏のような目をした不気味な人、と思われているかもしれません。僕の友人、吹原くんも旅行でインドに行ったのですが、日本に帰ってきて1ヶ月間、仏の目をしてコンビニのレジを打っていました。

人間、いろいろな考え方や概念や理想を持つことはいいことですが、それらを行動で表さなければ、それはないことと同じになってしまうのではないでしょうか。

人を批評すれば自分も批評される。
人をさばけば自分もさばかれる

少し話を変えるが、学びにおける注意点などはあるのか？

勉強は〈諸刃《もろは》の剣《つるぎ》〉ですから、勉強に偏りすぎてはよくないと思います。

例えば、一流の大工さんになりたいと思っている人がいたとします。その人はカンナの使い方や釘の打ち方などの技術を勉強します。それはとても大切なことです。しかし、その技術論だけに偏ってしまうと、その人が造れる家はきっと、単に部屋があって、キッチンがあって、トイレがあって、風呂があるだけの、極々当たり前の融通の利かない家になってしまいます。つまり、サンダーバード基地のような独創性豊かな家を建てられなくなってしまうのです。

一流を目指すなら、大工さんとしての基礎的技術はしっかりと学びながらも、感性を豊かにして、人の気持ちがわかるようになることも大事です。これは頭で考えることではなく感じることです。

また、勉強はときに猜疑心《さいぎしん》のタネにもなってしまうことがあります。勉強をすればするほど知識にしばられて、目に見えているものしか信じられなくなってしまうのです。

目に見えないモノを学ぶ……例えば量子の世界などは、知るほどに奥深いものです。

プリンストン大学で『人間の心は機械に影響を与えるか？』という研究がされて、結果、人の意識によって機械の動きが変わることがわかりました。ということは、愛情を持って動かした機械は、そうでない機械よりも長持ちするはずです。機械にも、もしかしたら心があるのではないでしょうか。

ちなみにこれを、友人のミコガイくんに話したら、さっそく彼は「それは、いいことを聞きました」と言ってスロットを打ちに行き、「マシンに愛情を込めて打ったら儲けました。今夜、焼き肉おごります」という報告メールをくれました。しかしその後、彼のスロットの成績は芳しくなく、「ぼ、僕には愛が足りないんだ……」とつぶやいていました。

草花に毎日優しく話しかけてあげると、その植物はきれいな花を咲かせて長生きするという話も有名ですが、見えない世界にも学ぶべきものはたくさんありますし、ロマンチックです。

もうひとつ勉強をするうえで大切なのは、自分が得た知識を人に教えてあげること。『教えることは最大の学び』です。食べたら出すのと同じで、インプットをしたらアウトプットをする。人に教えながら自分も再確認できます。今こうやってメールを書いていることも、僕にとってはいい学びです。

そして、このメールが活字になって、読者が少しでも喜んでくれて、多少なりとも影響を受けてくれれば、そのエネルギーがいずれ僕に返ってきて、また新しいことを学べる——世界はそういうシステムになっているのです。

教えることは最大の学びである

学びにもいろいろあると思うが、日本人なら誰でも受ける学校教育についてはどんな意見をお持ちか？

子供という生き物は、みんな天才てれびくんだと思います。しかし、窮屈な教育によって、いつしか凡人にされてしまうのではないでしょうか。

本当は、絵を描くことが好きな子供には絵を描かせて、音楽が好きな子なら音楽に触れさせてあげる、体育も図工も数学も国語も理科もチベット語も……。

最近はシュタイナー教育などを導入した学校で、生徒個々人のやりたいことを自由に学ばせて、その子の持っている能力を伸ばすという教育をしていますが、やりたくないことを無理やり詰め込んでも身につかないということを考慮すると、それはむしろ合理的です。

とはいえ、学校教育制度が悪いと思っているわけではありません。協調性などを学べるし、今の制度に心地よさを感じている人も大勢いますから。その人たちにとっては、このままの制度でいいのだと思います。人それぞれ、学び方にも好みがありますので。ちなみに僕が子供のころは、ドッジボールで最後まで生き残ることだけが得意でした。

歴史を見てもそうですが、エジソンもアインシュタインも幼少期は不登校をするような、のび太を超えるほどの劣等生だったのです。しかし、彼らは自分の好きなことをやり続け、親も好きなことをやらせてあげた。そうしたら、彼ら劣等生の頭脳は後年、歴史的な天才と称されるに至ったわけです。坂本龍馬も優等生とは対極にいたはずです。

天才というものは、自分の好きなことを続けることによって初めて生まれます。ですから劣等生でも、窓際族の社会人の方も、自分の個性を伸ばしてあげれば一角の人物になれると思います。

でも、すべての人に天才になれと言っているわけではありません。ただシンプルに好きなことを学べるというのは素敵なことですし、そこから生きている意味が見えてくることもあるのではないでしょうか。

天才は、好きなことをやり続けた人間の中から生まれる

あなたは某雑誌においてビジネス書を紹介していたようだが、ビジネスマンではない人がビジネス書を読んでどんな意味があるのだろうか？

やはり、島耕作シリーズを読んで、サラリーマン社会に憧れがあるのです。あの島氏のモテぶりに。

読書をするなら、あえてドラクエのラスボスがストIIのブランカだったというくらい違和感のあるものをおすすめします。なぜなら、自分の分野でない本を読んだほうが、むしろいい勉強になるからです。

もしサラリーマンなら、あえてビジネス書ではない本を読んだほうがいいと思います。ビジネスマンがビジネスの本を読んでも、衝撃を受けるような内容のものはあまりないのではないでしょうか。見慣れた分野だと、本の内容を俯《ふ》瞰《かん》で見ることができにくくなりますし、新しい発見も少ないものです。

一方、違った業界や分野の本を読むと、すべてが新鮮なので得るものが多いはずです。また、意外なところで自分の人生に役立てられる考え方や重要なヒントと出会うことがあったりもします。実はすべてはつながっているのです。

自分の性別を逆転させて世の中を見ると、新鮮でおもしろい発見があるものです。自分が男性なら女性になったつもり、女性なら男性になったつもりで生活してみるのです。もちろん、トイレは性別を変えて入りません。あと女装、男装もしなくていいです。したければどうぞ。

僕もよく女性になっています。美容室に行ったときは、内股で座って女性誌を読んでいます。お気に入りは、もちろん『主婦の友』。

といっても、ゲイではないので、なったつもりになるだけです。

有名なアーティストにはゲイやレズビアンの方が多かったりしますが、それはなぜかというと、両方の性の心理から物事を発想できるので、表現方法と感性がとても豊かだからです。だからこそ素晴らしい作品を生み出して、多くの人の心をとらえることができるのです。この考え方はラテラル・マーケティングというビジネス関係の本を読んで改めて気づいたものです。

新しく有用な知識は、
自分と無関係な分野の本から得られることが多い

ラテラル・マーケティングを説明してほしいのだが？

普通、会社が新商品を開発するときには、市場・客層をあらかじめマーケティングして、そのニーズに合った商品を開発します。しかし、それだと従来のモノと似たようなモノしか生み出せません。

そこでラテラル・シンキング（水平思考）をします。

今までの市場・客層のニーズとはあえて違った新商品を作ってみるのです。そうすることで、新しいニーズと新商品との間に、どんなギャップがあるのかがわかります。ギャップとはつまり、アメリカの服飾ブランドのことです。あ、違う……売れない理由のことです。

そして課題（ギャップ）がわかったら、その部分を修正して、新たにニーズに応えた商品を打ち出していけばいい。そうすれば、従来とは違った市場・客層をターゲットとする商品を開発できるようになる。それがラテラル・マーケティングの考え方です。

例えば、コーンフレークには朝食に食べるイメージがあります。だからメーカーは、その常識を前提にして、『朝食べるコーンフレーク』を開発するものです。

しかし、「コーンフレークは朝食べるものである」という常識からいったん離れてみて、「ランチやおやつとして食べさせたらどうか?」という新しい視点を持ってみると、市場は拡大して、売り上げが伸びる可能性が生まれます。

そこで、例えばランチ用のコーンフレークを開発してみるのです。そうすると、それについての『課題』が浮き彫りになってくる。つまり、売れなかった理由がわかります。

そうしたら次は、その『課題』をクリアしたものを作り、商品としての完成度を高めて、お客さんを満足させます。

その結果、『昼にコーンフレークを食べる人たち』という、従来では考えられなかったお客さんが生まれるのです。そうやって作られたものが『シリアルバー』であったりします。これがラテラル・マーケティングの考え方です。

　もうひとつ例をいうと、花はいずれ散るのが当たり前です。でもそれを前提にしていると、新しいモノは生まれにくい。ならば、花は散るという常識をいったん頭から取り除いて「散らない花はないものか？」と考えてみます。そこで生み出されたのが『造花』という新しい概念の『散らない花』でした。

　常識という、あってないようなワクにとらわれることには、あまり意味がないのです。花はいつか散ってしまう、と悩んで新しい恋に踏み出せない方にも伝えたい。その常識を頭から取り除いてみよう、と。エンディングがないラブ・ストーリーもあるのです。村上春樹氏の小説にこんな一文があります——

　歌は終わった。しかし、メロディーはまだ鳴り響いている。

新しい発想は、たいてい常識のワクの外にある

人間関係について

誰もが一度は悩む『人間関係』の本質について掘り下げていければと思う。まずは人類普遍のテーマ『恋愛』についての意見を伺いたい。

自分の好みと違う人ばかりと付き合っては別れを繰り返している人は、まず自分自身の放つ周波数がそういう恋愛対象を引きつけているということに気づくべきです。

気づいたら、今まで以上に自分自身を見つめ直して、前向きな考え方や、話し方をしているかどうかを確認します。自分を見つめて意識を変えれば、ポジティブな周波数を持った恋人と自然と引き合うことになるので、次からは素敵な恋愛をできるようになります。

これは恋愛に限ったことではなくて、仕事でも友達関係でも同じことです。〈類は友を呼ぶ〉という現象は、そういう周波数の一致に起因しているのです。

人は誰しも、自分と同じような相手といると、なんとなく居心地がいいものです。だからいつの間にか引き合って、一緒にいるようになります。仲良くなれる人は、自分と似た波長を出している人が多いものです。

僕の友人にもグラビアアイドルの重鎮だった仲根かすみ氏を好きな仲良し二人組がいます。二人は口をそろえて僕にこう言うのです。「もう人妻だから。忘れました。今は女の子を産んだので、その子が成長してくれるのを待っている状態です」

波長が合うというのは、音楽でいえば、それぞれの音がきれいに調和している状態です。だから心地いい。たとえそれがネガティブなもの同士であったとしても、それは不協和音ではありません。

愚痴を言うのが好きな者同士で集まっていれば、それはそれで、しっくりきてしまう。愚痴のこぼし合いをしている空気感の中にいることが、なんだかとても楽に感じてしまうのです。

もし愚痴を吐いてばかりいる自分を少しでも変えたいと願うのなら、やはり自分の出している周波数に『気づくこと』が必要です。どうすれば気づくかというと、例えばインターネット上の悪口が書かれている掲示板などを見る頻度をチェックしてみるのです。そういう掲示板にまったく興味がない方は健全です。たまに見たりしてしまう人は、今の世の中ネガが多いので仕方がないところもありますが、少し注意したほうがいいと思います。ついつい悪口の書き込みをしてしまう人は意識がブレているので前向きなほうにアンテナを立て直したほうが自分のためにもいいはずです。

ワン・クリックでどこにでも飛んで行けるインターネットは、この世の縮図です。画面に映し出された映像は、まさしく自分の意識の投影物なのです。

さて、自分の周波数に気づいたあとに、どんな行動を起こせばいいかというと、まずは『理想とする人たちの輪に飛び込むこと』だと思います。

まだ自分という人間が確固たるものになる前は、とくに周りの影響を受けやすいですから、プラス思考の人たちと一緒にいることが大事です。親でも友達でも仲間でも先輩でも恋人でも……、とにかく意識レベルの高い人たちの中に身を置くようにします。そうすると自然と自分の意識も高くなっていきます。

セミナーなどに参加すると、そこには成長しようという意識を持った人たちが多いので、自分の周波数も自然と高まっていきます。

もう少し理解しやすい具体例を挙げてもらえるだろうか？

例えば、魔法を勉強するとします。

このとき、レベルの高い人たちの中で勉強をしていると、自分の魔法も上達していくものです。でも、逆に自分よりも下手な人たちとばかり勉強をしていると、いつまで経っても今いる自分のレベルから抜け出せない。

常にその世界で自分より上の人と一緒にいるというのは、自分を高めるのに非常にいいのです。ハリー・ポッターが短期間であんなに魔法が上達したのは、あのハイレベルな魔法学校、ホグワーツに通ったからではないでしょうか。

また、そのとき大切なのは、自分自身が抱いている成長への『思い』の強さだと思います。強く思っていれば、上級者たちの中に入っても畏縮しないので、早くうまくなれます。

さらに、そういう前向きな気持ちがあれば、周りの人たちと同調できるので、最初は下手でも歓迎されやすくなります。

自分をポジティブに変える近道は、プラス思考の人たちの中に身を置くこと

自分では前向きな周波数を発しているつもりでいても、周囲にネガティブな人間が集まってきてしまうこともあるはずだが。

そういうときはもう一度自分を見直すことです。そしてそのとき、周囲の人たちを変えようとしないことです。変えるのは、あくまで自分。他人を変えようとすると、他人もまた自分のことを変えようとしてくるので無意味なゲームになってしまい、お互いに何も生み出しません。とにかく自分を見つめ直して、周波数をチューニングし直す。自分の軸がブレなくなっていれば、周囲にどんな人たちがいても揺らぐことは少なくなります。

もしも、周囲のネガティブな誰かが、人として良くないことをしたとします。そうしたら、それを反面教師にして自分の行いを見直せばいいと思います。そして、その人のおかげで自分を磨けたわけですから、むしろ「教えてくれてありがとう」と感謝します。

空海も言っていましたが、目の前にある草木すべてが師なのです。視点を変えれば、世の中のすべてを先生にすることも可能だと思います。

僕の最近の先生は、育てているまりもです。静かに水槽の中に佇《たたず》むあの潔さ。普通、動けるように進化したくなると思うのですが、あえてそれを拒否する生き方を尊敬しています。名前は意外なネーミングで、まりもちゃんです。

先生といえば、両親を忘れてはいけません。子は自然と親の背中を見て育ちます。親を見れば子がわかるし、子を見れば親がわかるというのは本当だと思います。なぜなら人間形成の最も大切な時期の多くを、ほとんどの人は親と一緒に過ごすわけですから。

夫婦仲のいい家庭の空気に包まれて育つと、子供もたいていまっすぐ育つものだといわれます。しかし、両親が喧嘩ばかりしていたりすると、その家庭の空気が子供の心に『影』を落としてしまうこともあるでしょう。

母親が子供に対して父親を悪く言ったりしてしまうことがありますが、母親は何気なく言ったつもりでも、純粋な子供に与える影響は大きいものです。悪口を言う親を見て育つと、悪口を言う子供に育ちやすくなります。

とはいえ、たとえ親の仲が悪くても、まっすぐに育つ人もたくさんいます。そういう人は、自分の中にある『影』と、その理由に気づいている人です。人は気づくことができれば、自分の意識次第で人生を変えることができます。癖とは気づいた時点で癖ではなくなるのです。シマ……トラウマというものも、それと向き合えば昇華させることだってできるものです。

ネガティブな行いをする人がいたら、その人を反面教師にして、
心の中で「教えてくれてありがとう」と言う

とりまく環境に不満があったら、周りの他人を変えようとせず、
まず自分を変えること

人間関係において、波長の合う人、合わない人はいるものだが、付き合う人と付き合わない人の間にボーダーラインは引くべきだと思うか？

ある程度は線引きも必要だと思います。しかし、その際に自分だけ成長してやろう、と『奪う意識』で付き合う人を選んでしまうと、低いレベルでしか関係性を持てなくなってしまいます。そうすると本当の意味での成長はできません。

むしろ自分が相手に何を与えられるかという『与える意識』でいるほうがいいのではないでしょうか。ある意味これが、いちばん早く成長し、何かを得られる方法だと思います。

ほとんどの人が何かを得ようと思って生きているなか、何かを与えようとしている人は周りから尊敬されますし、チャンスも与えてもらいやすくなるからです。

いい人間関係とは、奪い合いではなく、与え合いです。もちろん、見返りを期待して与えるのではなく、自然とそうなるということです。

世の中には『波紋の法則』というものがあるので、与えれば自然と得られるようにできています。水たまりの中心に水滴を落とす――そうすると、波紋が広がっていきます。やがてその波は外側の壁にぶつかって跳ね返されて、結局は中心へと戻ってきます。これと同じことなのです。

言葉にもこの法則はあてはめられます。いったん口にした言葉は、そのエネルギーが周囲の人たちに影響を与えながら広がっていって、最後は自分に返ってくるのです。

言葉はエネルギー体ですから、人を変える力があります。初めは小さな力しかない言葉も、口にしたとたん、じわじわと波紋のように広がって周囲の人々に浸透していって、やがては世界を変える手助けとなる可能性もあるので、できるだけ前向きな発言をしたいものです。

与えるといえば、僕は小学2年生のとき、サンタさんに逆にプレゼントを贈ろうとしていたことがあります。お父さんに習って作った手作りの干物……それはもう臭かったですが、サンタさんはちゃんと持っていってくれました。そして3日後、僕の枕元になぜか日本語で手紙が届きました。

「ひもの、おいしかった。さんた」

与えれば、得られる

発言した言葉のエネルギーは波紋のように広がり、
やがては自分に返ってくる

人間関係を円滑にするために、年下、年上という概念は持つべきだろうか？

礼節を重んじることで人間関係を円滑にできるのであれば、そうすればいいと思います。

しかし、本当に大切なのは、表面的な態度よりも心持ちではないでしょうか。それに、宇宙の年齢と比較すれば、今、生きている人間の年齢差など、ほとんどないに等しいものです。村山富市さんも若手ですから、宇宙では。みんな同い年みたいなものですので、年齢などで人を判断せずに、お互いに敬い合うのが理想的だと思います。

人と人が敬い合うとき最も大切なものは『誠実さ』だと思います。言い換えると、相手のことを自分だと思って行動するということです。それさえ守っていれば、世の中すべてがうまくいき、地球も輝きます。

古代マヤの人々の言葉に、

〈イン・ラケチ〉

というものがあるのですが、これを訳すと「私は、もうひとりのあなた自身です」となります。

つまり、私はあなた、あなたは私——。

〈we are all one.〉です。

他人のことを自分だと思って接すれば、相手に不快感を与えないでしょうし、自分の心の内を正直に伝えることもできます。お世辞も必要ではなくなりますし、指摘すべき点があったらしていいと思います。もちろん嬉しいことがあれば、それを共有したいとも思います。

逆に、もしも相手のことを自分ではなくて他人だと思って接すると、人はしばしば等身大の言葉を吐けなくなります。相手によく思われようとして小さな嘘をついてしまったり、余計な画策をしたり、話を脚色したりして、人間関係を複雑で難しいものにしてしまう。そうなるとお互いに本質をわかり合えなくなり、いずれ『猜疑心』が芽生えてきます。これではいい関係は生まれません。

子供のころから付き合っている友達は、一緒にいても気持ちが楽です。それはなぜかというと、大人になる前の素のままの自分をすでに知られていて、今さら飾る必要がないからです。素のままの自分、等身大の自分をさらけ出しても平気。いろんな意味で皮がむけたか、むけないか、は関係ないのです。なぜなら、むける前を知っているから。

関係ないですが、人工的にむける広告はなぜ決まってタートルネックで鼻から下を隠すのか疑問です。

イン・ラケチ——私は、もうひとりのあなた自身である

we are all one. ——私たちはすべてひとつである

魅力的な異性とは、どんな人を指すのだろうか。

人それぞれだと思いますが、『人を判断しない人』であれば、その人はきっと魅力的だと思います。あの人はこうだ、あの人はどうで、この人はああで……と、意味のない判断をしない人です。

つまり人徳型です。言ってみれば、西郷隆盛を女性にしたような感じです。そうです、かなり太めの……あ、違います。ビジュアルが西郷さんではありません。その人がいるだけで場が温かい感じになるようなタイプのことです。

ちなみに僕は、昔から一癖ある方が好きです。不思議と好きな食べ物もほとんどが『珍味系』です。髪型でいうと、ワカメちゃんです。大胆かつ繊細なあのヘアースタイルは僕の心をつかんで離しません。しかも、時々見せるあのパンチラは確信犯としか思えません。

根源的なことを聞くが、人と人との出会いにはどんな意味があるのだろうか？

自分の確認です。他者がいて初めて自分という概念を定義できますから。つまり、自分という存在を定義するために、他者が必要なのです。逆もしかりで、他者がその存在を定義するために、自分もあります。

どういうことかというと、自分が微笑んでいると、目の前にいる相手も微笑んでくれます。自分が敵意を見せていると、相手も敵意を持った表情をするはずです。つまり、自分が今どういう『在り方』でいるかは、他人を見ればわかるということです。

ですから〈we are all one.〉なのです。

人と人は鏡に映る自分同士で、自分の映った鏡を見ているすべての人が、それぞれその世界の主人公なのです。

「世界は舞台であり、人間は役者である」とシェイクスピアが言っていますが、人間はひとりひとりに主観という意識があるので、それぞれが主人公なのです。スター・ウォーズのヨーダ氏も自分自身では脇役だとは思っていません。「サーガの主役はわし」と思っているはずです。

この瞬間、世界の誰もが主人公です。すべての人が、自分がどうあるべきかを自分で決めて、その通りに演じています。人はつまり、演じ方によって何にでもなれるのです。

たぶん、昨日部屋で見つけたゴキブリくんも、彼の世界では彼が主人公です。おそらく明日のバルサンでジ・エンドを迎えると思いますが。来世に期待。

あなたの周囲の人々は、あなた自身の「在り方」を映し出す鏡人と人は出会うべくして出会っていると思います。こうやって生きているだけで、1億円の宝くじが何十回と連続して当たるくらい希有《けう》なことなのだそうです。そういう希有な人と希有な人が出会う確率は、それはもう天文学的な数字です。

人間は地球上に66億人以上います。その中のたまたま一人と、同じ時代のある特定の瞬間に、地球上のある特定のピンポイントで出会う――それは宇宙から隕石が落ちてきて自分の家のトイレの便器の中に入るくらいの確率だと聞いたことがあります。もうここまでくると、単なる偶然ではないのです。

仏陀の言葉に〈対面同席五百生〉という格言があります。

向かい合って同席した相手は、過去（前世）に５００回は人生をともにしながら生まれ変わってきた、とても濃い間柄だという意味の言葉です。

ですから、同席させてもらった人が初対面の相手でも、「どうもお久しぶりです」という気持ちで接してもいいのではないでしょうか。「前世ではお世話になりました」と。ひょっとしたらもっと昔、恐竜時代とかでも会っているかもしれないのです。お互いパキケファロサウルスで、毎日頭突きをしていたかもしれません。

世の中には、人を好きになれないことを悩みとする人が案外多いものだが、人を好きになるには、どうしたらいいだろうか？

自分を好きになることです。

そもそも自分を好きになる方法を見つけられないから、多くの人は悩んでいるのではないだろうか。そういう人には、自分を好きになるための『理由づけ』が必要なのでは？

その通りです。しかし、その理由づけをする際には注意すべき点があると思います。よく、自分のことを好きになれる理由を、他者の吐いた言葉や、他者の存在そのものに求めてしまうケースがありますが、それは実はあまりよくないのです。

例えば、こういうことです。

「私には、私のことを本当に愛してくれる恋人がいるし、いざというときに頼れる素敵な仲間もいる——だから私はそんな自分のことを好きになれる」

これは一見きれいな言葉ですが、他人の存在と言葉を理由にして自分を好きになっていますから、うまくいかなくなる場合があります。なぜなら、そういう人は、友人や恋人から愛されなくなったとき、自分を好きでいるための理由を失い、結果として自分を嫌いになってしまうからです。そして「あの人にこう言われた。だから自分には生きる価値なんてない」「私は KAT-TUN より男闘呼組《おとこぐみ》が好き、と言ったら友達が遠ざかっていった。そんな孤独な自分を私は好きになんてなれない」という考え方にも陥りやすいのです。

他人を変えることは難しいものです。自分を変えるほうがはるかに楽です。だから、自分を好きになるには、自分を『好みの自分』に変えるのが近道なのです。

そのためには、自分の『在り方』を変えること――自分が人にしてもらいたいことを人にしてあげることです。例えば他人に微笑みかける。もちろん、微笑みと一緒に挨拶をしたり、ちょっとした優しさを与えてあげるとなおいいと思います。これを3週間続けたら、きっと自分のことを少しは好きになれるはずです。

人は自分の持っていないものを他人に与えることはできませんから、笑顔とか優しさとか、そういう減らないものを与え続ければいいのです。

微笑みかけられたり、優しくされたりすると、自分だって嬉しいはずですから、他人にそういう嬉しいことをしてあげられる自分と出会えばいいのです。

そうすれば、知らぬ間に自分のことも好きになれるものです。

そういった世界の中で生きてみるということは、本当の意味で自分を生きているといえます。

自ら筆をとり、白いキャンバスに描く絵画のように。

自分を好きになるということは、
他人に嬉しいことをしてあげられる自分と出会うということ

心のコントロールについて

人は幼少期から敗北や失敗を繰り返しながら成長していくものだが、挫折を味わったとき、どうやって乗り越えていけばいいと考えているか？


乗り越えるというより、そもそも失敗することは悪いことばかりではないと思っています。その味を知ることで、人生がより味わい深く豊かになることもありますし、うまくいかなかったときこそ見えてくる物事もたくさんあります。

それに魂レベルの成長で考えると〈負けもまた真なり〉なのです。失敗を霊的栄養にして成長すれば、人として深みも出ると思います。

成功し続けることがそのまま自分の成長や幸福な人生につながるとは限らないですし、『帰ってきたウルトラマン』なんて負けまくりです。ベムスターとか、キングザウルス三世とかに。しかし、そのたびに自分と向き合って強くなっていく。

歴史に『if』はありませんから、結果が失敗であれば、それは失敗です。くつがえすことなんてほとんど不可能ですし、仮にそうしても、あまり意味がありません。失敗を自分の中で認められないままでいたら、ずっとその『錘《おも》り』を背負って人生を生きなければなりません。ですから、失敗をしたらそれをシンプルに受け入れます。それらすべては自分のしたことであって、それは素晴らしい人生を送るための必然だったと考えるべきだと思います。そうすれば、後悔という名の『錘り』は簡単に手放すことができて、前向きな思考を生み出すこともできるでしょう。

終わったことに対していつまでも不満を抱き、それについてずっと思考を巡らせているというのは、『今この瞬間』というものを無駄にしているのと同じことです。

とらえ方によって失敗は有用な道具になりますから、あえて人生、死なない程度に失敗しておいたほうがいいと思います。

とはいえ、格闘家だった頃の僕も、もちろん負けた当日は悔しがりました。悔しがって、カラオケでその気持ちとともに椎名林檎を熱唱して一緒に吐き出しました。しかし、翌日からはもう敗北を自分の栄養にしていたのです。カラオケでは槇原敬之を歌いました。いや、さすがに『どんなときも。』は歌いませんでしたが。

たとえ何かに負けても、人生においては勝ちだとわかればいいと思います。それらのおかげで、多くのことを得られたという経験は、誰にでもあるはずです。

あえて人生、死なない程度に失敗しておいたほうがいい

失敗したときに得られるものがあるのなら、成功したときに失うものもあるのだろうか？

成功すればお金も仕事も入ってきますし、周りに人がたくさん集まってきます。でも、そこには落とし穴もあります。

日常が忙しくなり、自分の内側を見つめる時間が不足してしまうのです。しかも、周りが自分にとっていいことしか言わなくなりますから、おごらずにいることが大変です。どんなに気をつけていても、勝ち続けているといつの間にかおごりのある自分がいます。三国志の物語などもそれの繰り返しです。

逆に、失敗したときに得られるものは、内観することとの大切さを再認識できることです。

成功してたくさんの物質に囲まれてしまうと、直感の声、魂の声が聞こえなくなります。つまり、自分の内側にある目に見えないものを感じられなくなります。

しかし、失敗して自分の周りを少し静かにすると、それがクリアに感じられるようになり、『人にどう見られるか』ということなど本当にどうでもいいことだと、改めて実感できたりします。

成功すれば外側が豊かになり、失敗したら内側が豊かになれる。そういう意味で、〈負けも真なり〉なのです。

また、うまくいっているときはいろいろな人から連絡があるし、たくさんの誘いがあります。しかし、うまくいっていないとそれがなくなります。ですから「成功は人のおかげ、失敗は自分のせい」だと考えるようにすると、人間関係もぎくしゃくしないし、いつも軽やかでいられます。

僕はこれを『逆ジャイアンニズム』と呼んでいます。

それと、株価のグラフは常に上がり下がりを繰り返しますが、人生もこれと一緒で、失敗したときの下がったグラフは何を意味するかというと上向きの兆しを意味するのです。下を知ることによって上というものを知ることができる。

光が強ければ影も濃い。

つまり、この世はすべて相対でもって存在している。だから失敗の味を知れば、よりいっそう成功の喜びを味わい深く感じられるようになるのだと思います。

徹夜仕事のあとの布団が気持ちいいのと同じです。でも、徹夜明けってなぜか逆に寝られません。僕はこれを『逆ネレナニズム』と呼んでいます。

成功は人のおかげ、失敗したときは自分のせい。
そう考えていれば人間関係もうまくいき、心も軽やかでいられる

日常生活で落ち込んだときに、うまく立ち直る方法はあるか？

身近に先生を持つことが有用だと思います。自分の頭だけで考えていても限界があるし、客観視もしにくいものです。

先生といっても学者や専門家ではなくて、信頼できる人であれば親や友達でもいいと思います。

悩みというものは、それが生じたときと同じレベルで考えていても答えは出ないものです。人は悩んだときよりも成長して初めて、何らかの答えを導き出して、乗り越えられる……。つまり、悩みを持ったときよりも自分のレベルが上がれば、その悩みが悩みではなくなるのです。そして、その成長を促してくれるのが、先生という存在です。

しかし、すべてをゆだねてしまうわけではありません。

どんな局面においても自立して生きられるようになるために、先生のところへ学びに行くのですから。

ちなみに『真の先生』とは、たくさんの生徒を持つ人のことではなく、たくさんの先生を作り出せる人のことをいいます。吉田松陰も生徒に対して「われわれは同志だ」と言っていたからこそ、高杉晋作や久坂玄瑞、伊藤博文などが立派な志士になったのだと思います。

人はある程度の『段階』にまでくると、他人に寄りかかることがむしろ自分の力を弱めることだと認識できるようになります。

実は『ドラえもん』は、第六巻で一度、最終回を迎えているのです。そのエピソードはまさにそうなのですが、未来に帰ることになったドラえもんに対して、のび太は自立しようとする。自分の弱さに立ち向かう感動的なエピソードです。でも翌月には大人の事情でドラえもんが帰ってくるのです……。

何が言いたいのかというと、一人ではどうしてもうまくいかない初期の『段階』においては、先生に頼れる状況を作るといいということです。これは親子の関係と似ています。子供のころは親に頼りきりですけれど、年齢とともに自立していきます。物事には順序というものがありますから、ひとつひとつ進んでいったほうが確実なのです。

好きな娘《こ》に告白するまでのアプローチも一緒で、順序があります。おすすめパターンは、このような展開です。

まずは『やるき茶屋』などでアルコールの力を借り、店員さんのあのポジティブなサブリミナル効果を利用します。店を出たらさりげなくフリスクを3粒口に入れ、『やるき』がばれないよう、音を立てずに噛み砕きます。そして公園のベンチに座り、自分自身ですら思ってもいなかったような壮大な夢を語り、彼女に息がかかるくらいの距離まで近づき、そこで告白します。そのとき彼女はこう言ってくれるはずです。「ハイッ、よろこんで!」

「真の先生」とは、多くの生徒を持つ人のことではなく、
多くの師を作り出せる人のことである

先生から離れ、自立できるようになったなら、次は何をすればいいのだろうか？

次の段階はメタレベルとのつながりです。

メタレベルというのは、ようするに4次元とか5次元のレベルのことです。喩えていうなら、脳での『思考』ではなくて、『直感』がそれです。直感とつながって生きるのが、次の段階です。

脳の思考レベルで生きるのと何が違うのかというと、例えば物事をメリット、デメリットで判断しないことが挙げられます。脳で損得を考え、打算に基づいて行動すると、しばしば間違いが起きることがありますが、メタレベルから落ちてくる直感に従っていればほとんど間違いはありません。企業の社長インタビューなどを読むと、アプローチは違いますが、みなたいてい同じようなことを言っています。

しかし、そこで難しいのは、初期の段階では『思考』を『直感』と混同してしまいやすいということです。その2つの違いを言葉で表現するのは難しいのですが、強いていえば、『直感』は降りてきたときにキラキラと輝いています。しかし、『思考』には、それほどの輝きはありません。太陽と蛍光灯のように、同じ光でも感じ方が違うのです。

人間というものは直感よりもむしろ、脳で思考をして最善の道を選択し、それに向かって動くものではないだろうか。読書にしても、それは思考レベルの行為だと思えるのだが？

もちろん本から得た知性という大切なデータは、脳で収集して、きちんと整理します。

ようするに、こういうことです。

頭（脳）が美人秘書で（あっ、美人でなくてもいいです……）、そして直感が社長です。秘書がそろえた資料をしっかりと読んだ社長が最終決断を下すのです。

知識というデータはいったん自分の脳に取り込みはするのですが、すぐに手放します。

学んだら、捨てる。

なぜ捨てるのかというと、知識に偏りすぎてしまうと直感が出てこなくなるからです。しかも、知識を手放すときにこそ、直感が冴えてきます。トイレで落とし物をした瞬間や、お風呂であひるちゃんのゴム人形で戯れているときにひらめきが多いのはそのためです。

頭だけで生きている人は、損得だけで生き続けてしまうので、ある一定のところまでは行けても、突き抜けたものにはなりにくいものです。

また『直感』とは、自分をいい方向に進めるために、降りるべくして降りてくる必然です。たまたまひらめくのではないのです。

この世に『たまたま』などありません。

すべてが必然。

すべてがつながっています。

ユングが提唱した〈意味ある偶然の一致〉――シンクロニシティと呼ばれるものも、この延長上にあります。

ブラジルで1匹の蝶が羽ばたくと、その微妙な空気の振動が原因となって、遠くテキサスで大竜巻が起こる可能性があるという喩え話がありますが、あれに似ています。

そう、『たまたま』なんてないのです。もちろん僕に『タマタマ』はあります。

脳は秘書で、直感は社長。秘書に知性というデータを集めさせ、
最後は社長の直感に従って行動すれば、
人生がスムーズに展開するようになる

その蝶の喩え話は〈初めは小さな事象でも、それは延々とつながってい って、いずれは何か大きな物事の原因になる〉という理、いわゆる『バタフライ理論』のことを指しているようだが、しかしシンクロニシティによって世界のすべてがつながっているという理由はどこにあるのか？　具体例をもって説明してほしい。


まず、世界はすべてつながっているという理由――。

例えば、僕が今、おにぎりを食べているとします。そのとき飲み込むまでに12回咀嚼《そしゃく》するか、13回咀嚼するかで、違う世界になってしまうということです。12回噛んだ僕と、13回噛んだ僕とでは、違う人生を送ることになる。たった1回の咀嚼の違いが、バタフライ理論のように、やがては大きく人生を左右するかもしれません。

これはつまり、世界が自分の一挙一動すべてを見ているのと同じことです。

事実を隠そうと思っても、実は何も隠せはしません。ついた嘘もすべて、世界のどこかに反映されてしまう。行動や思考すべてが、世界を確実に変えてしまうわけですから。

だから大切なことは何かというと、『誠実さ』なのです。すべてに誠実さをもって好きなことも嫌いなことも、成功も失敗もコンプレックスもありのままの自分として受け入れる。

人はそれぞれ違うし完璧ではないはずです。しかしその自分の『不完全さ』を受け入れることで、キラキラ輝いたものになるのです。そして、それが『個性』と呼ばれるものです。

例えば、俳優のジョン・トラボルタ氏は非常にキャッチーなケツ顎をされているわけですが、あれをコンプレックスだと思いたければ、いくらでも思えます。でも、トラボルタ氏はそれを受け入れて、むしろ魅力にしています。ですから映画の中でも華麗なステップを踏んで、観客を魅了することができるのです。

物事はみな、ポジティブととらえればポジティブになりますし、ネガティブととらえればネガティブになります。

あんなに輝いている太陽にさえ黒点というしみがあります。しかし、それを太陽は悲しんではいないはずです。

結局、人間の本当の強さとは、自分の中のネガティブなイメージに打ち勝つということです。いや、打ち勝つというより、受け入れる——受け入れれば手放せます。それができれば、歓喜あふれる世界で生きることができるわけですから、もはや無敵です。マリオでいうと、スターを取った状態です。しかし落とし穴には気をつけなければいけません。スターを取ると誰もがBダッシュをしたくなりますから。僕もスターを取ったとき何度もジャンプのタイミングを間違えて落とし穴に落ちました。

自分の不完全さを受け入れると、
それはコンプレックスではなく個性となり、
人間としての魅力も増す

あんなに輝いている太陽にさえ黒点というしみがある。
しかし、それを太陽は悲しんではいないはずそのように常に気持ちをコントロールし続けるのには、何か有効な手法があるのだろうか？　多くの人は、そのコントロールがうまくできず、落ち込んでしまったりするのだと思うが。

気持ちのコントロールというより『今この瞬間、自分がどう在るか』に気持ちを向けて生きることだと思います。自分の在り方はいつでも、どうにでも選ぶことができます。人はみな『人生の役者』ですから、演じ方ひとつです。楽しいと思って生きるか、つまらないと思って生きるかを選べます。生き方の選択とは、自分の気持ちに嘘をつくということではなくて、自分自身の心のチャンネルをどこに合わせるかということだと思います。

そして、これらを実践していくと波に乗れます。『シンクロニシティの波に乗る』とも言いますが、これは偶然が身の周りに連続して起きる状態をいいます。そういう偶然は『何か』を自分に示唆しているものなので、そのサインの意味に気づいたらそこで自分が感じた通りに行動すれば何事もうまくいきます。

例えば、僕は書道を習っているのですが、雨が降っていたので教室に行くかどうか迷っていた日がありました。そうしたらそこに友達のミコガイくんから電話があり「ぷりんぷりんな焼き鳥を食べにいきませんかー」と誘われました。僕はその誘いにのって書道はサボることにしたのです。そして、そのミコガイくんは僕を日本橋のとある焼き鳥屋さんに連れて行ってくれたのですが、なんとそこは僕の通っている書道教室の目の前だったのです。だから僕は、「これは書道に行けというシンクロのサインだな」と感じて、焼き鳥を食べる前に、ミコガイくんを漫画喫茶において書道教室に行きました。結果、そのとき書いた書は満足いく作品になりました。

ちなみに『焼き鳥』と『やきとり』は違うもので、前者は鶏肉、後者は豚肉を意味するそうです。

とにかく、頭で考えないでサインと感情に従うといいのです。感情は魂からの語りかけなので、その通りにしてあげる。目の前に選択肢があったら、損得ではなく、いい感じか嫌な感じかで決めます。

例えば、人に仕事を勧められたときに、拘束時間とか手取りいくらかを考えたりせずに、一度、落ち着いて深呼吸をしてみて、目を閉じます。で、その仕事が『いい感じ』か『嫌な感じ』か、を素直に感じ取って、やるかどうかを決定します。

もしも、そこに「やれ」というシンクロのサインがあれば、きっといい結果になると思います。

頭で損得を考えず、
シンクロのサインと感情に従って行動すればきっとうまくいく

そういった偶然のサインなり何なりに気づいて、シンクロの波に乗れるようになるためには、努力や修行が必要なのだろうか？

努力も滝に打たれる修行もいりません。

シンクロは起こそうとして起こせるものではないので、シンクロのサインをもらったら、そのことに感謝するだけでいいのです。そうすると、シンクロは加速しだし、やがては波に乗れます。

この波に乗るために有効な方法は『シンクロ・ノート』をつけることです。偶然に起きたことをすべてノートに書き付けておくのです。それをあとで読み返すと「あ、これはこういうつながりがあって、必然的に起きたんだ」という感じで、すべてが整合性をもってつながっていくので、とても興味深いです。世界のどんなものにもつながっているし、アクセスできることに気づきます。

また、ふとしたひらめきの内容は重要なことが多いので、メモにとったり、携帯に録音しておいたりするのもおすすめです。

シンクロニシティ、直感、メタレベル……。
もしかしてあなたは『悟り』を探し求めているのだろうか。

悟りは、悟りなど必要ないと思えたときが、悟りです。

悟りは、悟りなど必要ないと思えたときが、悟りである

時間について

そもそも時間とは何だろうか？　また、時間の有効な使い方やスケジュール帳の意味などを主題として、思うところを書いてもらいたい。

スケジュールは、あまり決めすぎないようにしたほうがいいのではないかと思います。僕は何時何分にどこに行くとか、そういう予定をなるべく少なくしています。トイレだって無理しても出ないではないですか。哲学的にいうと、出したいときが出るときなのです。

そもそも『時間』というものは単なる幻想……つまり、人間が便宜的に作り出した『基準』でしかないのです。

科学の世界では、光の速度で地球を飛び立って、再び地球に戻ってくると、飛び立つ前の自分と出会えるといいますが、そう考えると、時間などあってないようなものです。

しかも、時間は伸び縮みします。

楽しいことをやっていれば、１時間がわずか10分のように感じられたりもするし、辛いことをやっていると１時間が２時間、３時間に感じられたりもします。これが時間の伸び縮みです。言い換えれば、それが『その人が生きた実際の時間』です。時間というものは、人それぞれ速度も質も違ってくるものなのです。

例えば、好きなことを仕事にして生きている人は、歳をとっても若々しいはずです。気持ちも若いし、肉体的にも若い。ドモホルンリンクルを使っていなくても肌につやがあります。

人は好きなことをしていると、あっという間に一日が過ぎてしまいます。一日があっという間にしか感じられないということは、その人は本当に『あっという間しか生きていない』のです。つまり、あっという間の分しか歳をとっていませんから、いつまで経っても若々しいし元気なのです。

大学１年生の７月25日に池袋の『ます久』（飲み屋）で開催された合コンなど、光陰矢のごとし、まさに楽しすぎて一瞬でした。あの日、僕は歳をとっていないのです。

逆にやりたくない仕事をやっていると、一日がひどく長く感じられます。それはつまり、ひどく長い時間を生きてしまっていて、その分、歳をとっているということです。

高校3年生のときに開いた新宿のカラオケ合コンでは、女子が来るなり「アタシたち、お金ないから」と言い、その子の歌う安室奈美恵の『TRY ME』がやたらと長く感じ、友人が「いや、アナタには TRY できませんから」とつぶやいたことが忘れられません。あの日は長かったです。いろんな意味で歳を重ねた気がします。

同じ一日の過ごし方でも、あっという間しか生きていない人と、長い時間を生きてしまう人がいる——それゆえ同じ年齢でも若々しい人と老け込んだ人がいるのです。

ですから、時間やスケジュールうんぬんよりも、まずは『自分の好きなことをやりながら生きているかどうか』を再確認することが大切だと思います。

好きなことをして、あっという間に一日を過ごした人は、
本当にあっという間の分しか歳をとっていない。
いつまでも若々しくいるには、好きなことをしながら生きること

しかし、やりたくないことも不可抗力としてスケジュールに入れなければならない——それが現代人というものだろう。やりたいことだけやって生きる方法などあるのだろうか？

なかなか難しいとは思いますが、まずはスケジュール帳と脳味噌から『マスト（must）』、つまり『絶対にやらなければいけないこと』をできるだけ取り除くようにしてみたらどうでしょう。それがきっと本当の自由です。「〜しなければならない」という予定が少ないほど、その人の人生からは苦痛が減っていきます。

- 9時に出社しなければならない。
- 夕方までにモノを届けなければならない。
- 子供を保育園に迎えに行かなくてはいけない。
- 嫌いなものも食べなければいけない。

・苦手な上司と飲みに行かなければいけない。
・3月10日は山頭火のラーメンを食べなければいけない。

人生に『マスト』は、いろいろあります。

そもそも「～しなければならない」と考えてしまう予定は、自分が望んでいない状況を意味します。つまり、やりたくないことをやるということです。そうすると、生きる時間が普通よりも長くなってしまうので、無駄に老け込んでしまいます。

何でもない日まで『マスト』のせいで長くなってしまう可能性があるのです。よく〈時は金なり＝タイム・イズ・マネー〉と言いますが、時間をお金に換算しようとすると歪みが出ます。時間は3次元ではないので、この考えだと、人はどうしても時間に追われる人生を生きてしまうのです。

本来、人はどのようにでも『この瞬間』を使えます。使い方は無限にあり、今この瞬間というリアリティは、いかようにでも広げられます。

〈朝《あした》に道を聞かば、夕に死すとも可なり〉

これは『論語』の一節ですが、朝、人生を悟ったなら、もうその夜には死んでもいいという意味です。一瞬の中に『すべて』があったならば、その人の人生における時間はもう十分に足りているのです。逆もしかりで、悟れない人にとっては人生が150年あっても足りません。人によって人生に必要な時間が違ってくるということですから「忙しい」を口癖にしている人は自分のサイクルを見つめ直してみるといいかもしれません。

人間の生きる時間、つまり寿命も人それぞれですが、本当はもっと平均寿命が長くてもいいはずだと思っています。現代人は毎日、有害物質を含んだ空気を吸い込んで、添加物の入った飲食物を摂取して、ストレスにさらされ……そうやって生命をむさぼっているから、今の寿命なのでしょう。

生命は、ときに驚くべき力を秘めていることがあります。

例えば、1985年の『科学万博つくば'85』に出品された1本のトマトの木には、1万個以上の実がなっていました。これは、トマトの成長を妨げる有害物質やストレスを極力取り除きながら栽培した結果だそうです。

もしも、このトマトのように環境からすべての害悪を取り除いたとしたら、人は100歳まで生きるのなんて当たり前になるのかもしれません。双子はみな、きんさん、ぎんさん。

では、そのあたりを踏まえて考えたとき、現代人はどうやってこの時間を生きるべきなのだろうか？

少し極端な言い方をすると、現代人は長期的に自殺をしているといえます。象徴的なのは、タバコを吸っている人です。じわじわと体内に害を取り入れて、ゆっくりと自らを痛めつけている。もちろん、いつもイライラしているのも、添加物を食べているのも同様です。

逆にいえば、人の体はかなり強いと思います。

食品添加物や化学物質は、少量ずつ摂っているから大丈夫だと思われていますが、何年かで『何キロ』という単位で体内に取り込んでいることになるそうです。

そう考えると『いかに効率よく物事をお金に換えていくか』という考え方、つまり資本主義というものにも限界があります。物質的なものに限った表面的な効率のよさは、『幸福度』を測る基準にはならないと思います。なぜなら、お金儲けのために効率性を求めて薬品を使って食品などを作り、みんなが体に悪いものを食べなければならないというのは、悪循環以外の何物でもないからです。

この地球上で有機的秩序を破って生きているのは、唯一人間だけで、本来なら自然の中はすべてオーガニックです。服だって本当は最低限のものでいいのです。気候に対応できる最低限で。それを現代人はいろいろと……嗚呼《ああ》もう、パンツ脱いでいいいですか。

そもそも人間が便宜的に作り出した『時間』という概念を、効率よく使おうとして、大量生産・大量消費社会が生まれました。それが〈タイム・イズ・マネー〉の結果です。そのために有機的秩序から人間という生き物だけが外れ、自然の一部ではなくなってしまいました。

現代人は『時間のために』自分の人生を生きてしまっているような気がします。本当は『自分のために時間を使う』べきだと思うのですが。

人生が『主』で、時間はそれに付随する『従』——それが健全な姿です。つまり人は、効率よく物質を生み出そうとしないで、効率よく幸福を生み出すべきだと思います。

同じ時間を費やすならば、効率よく「物質」を生み出すよりも、
効率よく「幸福」を生み出すべきである

仕事のあとには、充実した心地よい疲労感と、ぐったりとするような重たい疲労感がある。後者が起きるのはどうしてだろうか？

あの重たい疲れは、嫌いなことをしながら時間を過ごしてしまった証拠です。仕事に対して自分の心が何かしらの『抵抗』をしたから、ぐったりと疲れてしまうのです。そして時間もとても長く感じられます。

そういうときに必要なのは、自分はいったい何に対して『抵抗』を感じているのだろうかと、内面をじっくり見つめ直すことだと思います。そうやって内観するための時間を、スケジュール帳に盛り込んであげるといいかもしれません。

『抵抗』の原因が浮上したら、それを受け入れることも大切です。

例えば「そうか、自分は望んでいない仕事を我慢してやっているんだな」という具合に理解し、受け入れるのです。

受け入れたら、次にすべきことは、やりたくないことをどうして自分はやっているのか――それを自問自答することです。そうすると、きっと、人それぞれに理由が明確になってくると思います。そして、それらの理由には、必ず最後に「～しなければいけない」という言葉『マスト』がついてくることに気づくはずです。例えば「世間体があるから、私は大企業で働かなければいけない」「転職する自信がないから、今の職場で我慢しなければいけない」という風に。

では、『マスト』の本質とは何かというと、『他者の価値観に従う』ということです。つまり、自分の人生を生きていないということになります。

こんな話を聞いたことはありませんか？

「就職をしてみたけれど、思っていたような仕事内容ではなかったので、もう辞めたい。でも、1年も経たずに辞めてしまったら世間体が悪いような気がして……」

こういう人は僕の周りにも結構いますが、世間体というのは他者の価値観です。就職して1年目でも10年目でも同じことですから、自分の好きな人生を生きるべきではないでしょうか?

誰しも人生の多くの時間を仕事に費やします。この長い時間を楽しく過ごせるよう、好きな職業に就くことをおすすめします。

しかし、もしも今すぐ好きな仕事に就けないというのでしたら、強引に職場に好きな女の子(男の子)を作ることです。そうすれば、少なからず会社がワクワクした場所になります。相手の役職や部署は関係ありません。掃除のおじさんおばさんも、見方を変えればあの円熟味が魅力的なのです。ご堪能あれ。

他者の価値観に合わせて生きるのではなく、
自分の価値観で生きる

忙しいときは手帳のスケジュール欄を開いただけで疲労感を覚え、ため息をつく人もいるが、その疲労感から解放される有効な方法などはないものだろうか？

今、僕らが使っているカレンダー『グレゴリオ暦』も人間が便宜的に作った暦なので、それに束縛されると人工的なサイクルで生かされてしまいます。知らず知らずのうちに、自然のあるべき姿から遠ざかっていきます。

そもそも大昔の人たちは自然のリズムに従って生きていました。動物もそうです。例えば月の満ち欠けにあわせてサンゴが一斉に産卵をしたり……。地球上の生物には自然のリズムというものが体内に存在しています。でも、それを無視して生活していると、いつしか見えない『抵抗』が生じて、何もしていないのに疲れたりするのです。

とはいえ生活するうえで今使われているカレンダーを手放すのは難しいこと

ですので、それと併用しつつ自然のリズムを感じることをおすすめします。

毎晩、夜空を見上げて月の満ち欠けを眺めているだけでも、人生は少なからずいい方向へと変わっていきますし、自然界や生き物のリズムに逆らわずに生きると、いろいろな意味で楽になります。

もうひとつポイントを挙げるとするならば、それは『手帳に書き込んだ予定が楽しいものか否か』だと思います。楽しい予定であれば、手帳を開いただけで疲れるなどということはありません。

例えば、あるサラリーマンが仕事でプレゼンテーションをすることになったとします。本番では少なからず緊張をするでしょう。そして、その緊張に対して嫌悪感を覚えると『抵抗』が生まれて疲れるのです。つまり、プレゼンテーションがその人にとって『マスト』の予定になってしまうからです。

では、どうすればいいのかというと、緊張そのものを楽しんでしまえばいいのです。人生なんて所詮はギャグですから、人はみなダチョウ倶楽部です。宇宙から見たら、地球は芥子粒《けしつぶ》よりも小さいし、その芥子粒サイズの地球の上にいるさらに本当に小さな生き物が自分たちです。もちろんダチョウ倶楽部がちっぽけという意味ではありません。

自分は小さい生き物だという感覚は、ちょっとした自然と向き合うだけでも実感できます。例えば、広大な海とか、山の頂上からの壮大な風景とか、沈む夕陽とか、日の出とかを眺望していると、自分の命や人生の小ささを痛感できます。でも、それがなんだか心地よくもあるのです。

小さな命――しかし、それはこの世のすべてでもあるし、自分はこの世のすべてとつながっているのだな、と思えます。その両極の宇宙観を感じられたら、もはやプレゼンの緊張も楽しめる気がしてきませんか？　なにしろそれは本当に小さな緊張ですから。プレゼンをする前に、果てしない宇宙とか、壮大な日の出とか、竜ちゃんの泣きネタをリアルに思い描いて、自分の小さな緊張と比較してみるといいかもしれません。そうすると、緊張を受け入れて楽しめると思います。緊張が楽しめれば、プレゼンの予定も『マスト』ではなくなり、ストレスも少なくなります。

宇宙から見たら、悩みもストレスも非常に小さいものである

スケジュール帳の合理的な使い方とはどのようなものか?

僕は細かいスケジュールはあまり立てませんが、夢を叶《かな》えるためのスケジュールは昔から書き込んでいます。

こうなったらいいな、と思ったら、まずは手帳を開いて、夢を叶えたい日の欄に『夢が叶った状態』を書き込んでしまいます。これは非常に効果的です。

手帳に書き込む予定というのは、基本的には『マスト』です。待ち合わせの日時も、会議の時間も、手帳に書き込んだことは守ります。ということは、つまり、夢が実現した状態を書き込んだなら、それは守られる可能性が高くなるということです。なぜなら、手帳に書いたことは守ろうという意識が自分の中で知らず知らずのうちに働き続けるので、自動的に夢の実現へと近づいていくからです。

ようするに夢を『マスト』にしてしまえばいいのです。本来なら『抵抗』になるはずのものを、逆にいい意味で利用することで、夢を叶えてしまうのです。

その手帳に、夢を叶えるために必要な順序や段階、準備の予定などを具体的に書き込むとさらに効果的です。そうすればきっと、その夢が実現する可能性は飛躍的に向上します。

そもそも手帳とは夢を叶えるための道具なのです。

また手帳には年単位、月単位の使い方もあります。例えば「今月は感謝の月にする」と手帳に書き込みます。そしてその一ヶ月は、お世話になっている人にご馳走をする予定を入れたり、ちょっとしたプレゼントをしたり、なるべくたくさんの人に「ありがとう」という感謝の言葉を投げかけたりするのです。すると一ヶ月がとても有意義に過ごせます。

ありがとう。

手帳は、夢を叶えるための道具。
できるだけ具体的に夢を実現させるためのスケジュールを書き込み、
その通りに生きれば夢は叶う

成功について

人生は『選択肢の連続』で構成されている。その無数の選択肢の中からいつも最良の選択肢を選ぶ方法はあるのだろうか？

ベストな選択肢を選ぶコツは、とにかく自分の素直な心に従うことだと思います。損得ではなく、自分がどの選択肢に対していちばん楽しそうな感じがするか、情熱を感じるか――そういう観点で選ぶことです。

とはいえ、人生にはいろいろな局面があるので、常にいちばん理想的な選択肢を選べる状況にあるとは限りません。そういうときは2番目を選択すればいいと思います。もちろん2番目もダメだったら3番目です。あらかじめ選択肢に優先順位をつけておけば合理的ですし、1番がダメだったときにも慌てずにすみます。

また、それが人生を左右するような大きな選択肢だとするなら、『3番目以下は基本的にない』と思ったほうがいいのではないでしょうか。やりたくないことを選択しても、人生は少しも楽しくなりません。
とにかく、好きなことを「やる」と決めてしまえば、それが何であれできるので大丈夫だと思います。本当に好きなことにはとことん情熱を注げるので、どんなにギャラが安かろうが、手間ひまかかろうが、結局はやれてしまうものです。
決めたあとは、もう猫まっしぐら。

たとえそれが本当に好きなことだとしても、好きなら何でもやれると言いきってしまってもよいものだろうか？

夢が叶った状態を『具体的』に思い描ければ、そのイメージは現実になりやすいので、言いきってもいいと思います。ただし「〜になりたいなぁ……」と、ぼんやり思っているだけでは、なかなかそうはなれません。当然そうなるものだと決めつけて、そのための生活をしていれば、自然とそうなってしまうものなのです。

例えば、携帯電話は昭和の時代ではあまり考えられないものでした。しかし、誰かが携帯電話を具体的にイメージして、それを作るための生活（仕事）をした結果、それが現実のものとしてこの世に生まれたのです。

もっといえば、今、目の前に映っている自然以外のものすべては、人間のイマジネーションが具現化した物質だといえます。

前にも書きましたが、夢のスケジュールはなるべくディテールまで考えて書いておくのが有効なやり方です。しかし、夢を叶えるまでのプロセスにおいて、あまりにもゆるい目標を立てていると、「こんなにゆるくては最終的な夢に到達できないかも……」という考えが生まれて、その通りになってしまう可能性があります。逆に、目標が高すぎても「もしかしたらこの目標をクリアできないかも……」という意識が芽生えて、やはりその通りになってしまう可能性があります。

そもそも「できないかも」と思った時点で、すでにできないのです。最終目標も途中のディテールも、すべてできるものだと信じ込んで計画を立てて、実行するのが基本です。

そしてディテールをひとつずつ着実にこなしていけば、最後は理想通りになると思います。

もしも短期間で夢を叶えたいならば、自分の理想とする環境にできるだけ自分の身を置くようにすると効果的です。

例えば、有名な舞台女優になりたいと思っている人がいるとします。そうしたら、その人は、どこでもいいのでステージに実際に立ってみるのです。誰もいないときでいいですから、ステージに上がり、そしてイマジネーションをするのです。

自分がこの舞台で素晴らしい演技をして、お客さんを感動させ、絶賛の拍手を浴びている――。

そういうイメージをできるだけリアルに想像します。そうするだけでも、またひとつ夢に近づきます。その際、警備員には捕まらないように気をつけてください。とはいえ、たとえ捕まったとしても、夢はつかめます。うん、うまいこと言った。

夢が叶った状態をリアルに思い描ければ、そのイメージは現実になる人生には、勢いのあるときがある。勢いのあるときは、いつでも自分が主導権を握っているようで、たいていのことがうまくいく。極論すると、世界が自分の思い通りに動いてくれている気さえするものだ。あの勢いの本質と成功との間には、何か因果関係はあるのだろうか？

勢いとは、感謝です。

あるいは喜びとか、楽しみとか——そういう感情を抱いて物事を進めているときが、勢いのいいときなのだと思います。

逆に、否定的な感情でいる場合はどうかというと……、実はそれでも成功することはできます。猜疑心を抱いていたり、相手を陥れようと思っていたり、騙そうとしたりしていても、やり方によってはうまくいくものです。

しかし、そういう成功はたいてい一時的なもので、極めたようでいて、長い目で見ると極まっていないのです。

人生において何が本当の成功かというと、それは自分も周囲の人もすべてが幸福で素晴らしい人生を送れたかどうか、です。否定的な感情やエゴで行動をし続けると、この最終的な成功だけはどうしてもつかめません。社長だけ突っ走ると社員に不幸があったり、金儲けばかりに意識を向けすぎると家庭が壊れるといった話はよくありますが、それは無意識でバランスをとっているためです。

最終的な成功を手にするためには、ちょっとしたコツがあります。それは、いつも『We』で物事を考えることです。『I』ではありません。つまり『私が』幸せになるのではなくて、『私たちが』幸せになるように考えて行動をする。そうすれば、本当の意味での人生の成功につながります。チャーリーズ・エンジェルもおそらくギャラは3等分にしているはずです。

相手に損をさせて自分が得をするというのは、一時的に成功はしても、トータルでは成功できません。

例えばビジネスをするときにも、『お客さんをいかに満足させてあげられるか』を先に考えて商品を作り続けると、最初は売れなくて苦労をするかもしれませんが、最終的には成功します。でも逆に、『いかにお客さんからお金を取ろうか』という発想から商品を生み出していると、最初はそこそこ売れたとしても、最終的にはビジネスとして成功しません。

もちろんビジネスというのは経済活動ですから、自分や自社のお金儲けを目的にするものですが、それでもやはり『We』で考えないと、最終的な繁栄にはつながらない。『お客さんが喜んでくれるほど、自分にお金が入る』わけですから。

この世の法則は『与えるものは得るもの』です。

『私が』幸せになるのではなく、『私たちが』幸せになる——。
いつもそう考えて行動していると、
最終的には大きな成功がやってくる

『We』で考えることの他にも、成功するための法則はあるのか?

理想を現実にする際、イメージ・トレーニングには生産性があると思います。

例えば、遅刻ばかりする生徒が、先生に「8時の始業時刻に遅刻をするな!」と何度も叱られているとします。すると彼は「遅刻しないように、遅刻しないように」と何度も『遅刻』をイマジネーションしてしまうので、むしろ遅刻しやすくなってしまう。だから、そういうとき先生は「7時50分には席につくようにしよう」と言うべきなのだそうです。

ちなみに僕が試合前にするイメージ・トレーニングは、アニメ系サウンドを流すことから始まります。おすすめの曲は『うる星やつら』。ハイテンションな前奏が気持ちを高めます。

ラムちゃんで上げ上げになってきたら本格的なイメージ・トレーニング開始です。「入場でこんな風に踊ったらおもしろいだろうな……、こうやって闘ったらお客さんも盛り上がるだろうな……、あ、あの子はきっと僕のことが好きなんだ……」と、イメージを浮かべながら萌えていきます。

イメージ・トレーニングとは、ひとことで言えば『脳内で未来を楽しむこと』です。本番で楽しんでいる自分、成功した自分、そしてそんな自分をとりまく『いい空気』をイメージするということです。楽しんでいる自分の姿を、自分の脳味噌を使ってリアルに体感すれば、現実もその通りになりやすくなります。仕事でも趣味でも、楽しんでやっている人にはかないません。

結局イマジネーションは現実なのです。イマジネーションできることは現実にすることができます。

脳内で未来を楽しむイメージ・トレーニングをすることで、
本物の未来も楽しくなっていく

イマジネーションは現実になるというが、未来の自分の姿を思い浮かべるだけで本当にその通りになるのだろうか？

もし社長になりたいサラリーマンがいるならば、未来の自分をイメージする以外にも自分のデスクを社長っぽくすれば、確率が高くなると思います。あとはチョビ髭生やして会社でダビドフの葉巻をふかし、その煙を上司の顔に吹きかけてみる。冗談です。

具体的にどうするかというと、まずはじっくりと自分のデスクを見渡して、社長の風格があるかどうかを自問自答します。そして、「社長だったら、もっと書類を整理するだろう」とか、「できる社長は他の社員よりも早く出社する」とか、とにかく自分のできる範囲でいいので、やれることをやるのです。

そうすると、いつの間にか自分の中の『意識』が社長に近づいていきます。さらに周囲の人たちも、社長みたいなデスクで仕事をしている人を見ていると、

「あの人は社長の器だ」と思うようになるのです。

ようするに『風格』をまとうだけでも違うということです。

明治維新のとき、新たに政府の要職に就いたのは、元々は偉くなかった人たちです。その人たちは懸念していました。「身分の低かった自分たちが大臣になったりして、はたして国民はついていきてくれるのだろうか……」と。

そうしたら大久保利通がこんなことを言ったそうです。

「みんなに立派な礼服を着させて、馬車に乗せ、その姿で街を一周させなさい。そうすれば本人たちもその気になるし、民衆もそういうものだと納得してしまうだろう」

そして、その作戦は成功したそうです。

イマジネーションを現実にするには、いろいろなアプローチがありますが、結局はその人の『意識』を変えれば世界も変わるのです。

お金持ちになろうと思っても、スーパーのチラシのはじっこにある安売りチケットをハサミでチョキチョキやっていては、なるのに時間がかかります。定食屋さんで50円の割引券をもらって、それを集めていても同じです。もちろん節約は素晴らしいことだと思いますが、その『意識』でいるとお金持ちにはなりにくいのです。なぜならそれは、お金持ちの『意識レベル』ではないからです。

レストランに行ったら食べたいものを食べる。松屋で牛めしが食べたいなら、豚めしで妥協してはいけません。

もちろん、本気でお金持ちになりたいのなら、そうするといいだけであって、別にそれを望んでいないのならば、値段を見て選んでもいいと思います。それは決して悪いことではないですから。

まずはなりたいものの風格をまとうこと。
そうすれば周囲の人たちの意識レベルも同調するので、
自然とその夢が叶えられていく

そういえばあなたは格闘技をやっていたと思うが、そこで少し闘いの話題について触れてみたい。試合には必ず『極め』の瞬間＝チャンスというものがあるはずだが、その一瞬を逃さず、確実に極めるために心がけていることはあるのか？

当然ですが、練習のときから『極める』ということをしっかりと意識しています。そうでないと、本番ではなかなか極められません。そもそも、『試合で勝つために極める、極めるために練習している』わけですから。

しかし、極めることを意識しないで練習している人は案外多いです。それは、野球のピッチャーがストライクを狙わないで投球練習を続けているようなものです。それではただのキャッチボール。星一徹に叱られます。

ちなみに自分の主力になる極め技は、やはりひとつかふたつです。どんな競技でも3つくらいが限度だと思います。

リングの上での『極め』のポイントは、兵力の集中です。戦争でいえば、勝敗が決まってしまうような重要なところに兵力を集中させることによって、最後は勝利するという図式です。

いわばナポレオン戦術です。相手のほうが総合的に兵力があったとしても、ナポレオンは「ここぞ！」というところにだけ、兵力を集中させたのです。逆に、全体の勝ち負けが決まらないような、あまり重要でない戦場には、薄い兵力で「なんとか保ってくれればいい」という考え方でした。それで最終的には勝利を得ていたのです。

日本の戦でいえば『矢尻の陣』も同じ手法です。関ヶ原の戦いで、もはや負けが決定的になっていた薩摩藩の島津義弘の軍勢が、いきなり敵陣のど真ん中に向かって走り出して、見事、中央突破をしたというあの戦術にも似ています。

えっ、恋の中央突破？　もちろん、「ここぞ！」というときに兵力を集中すれば、敗色濃厚でもうまくいくかもしれませんが、僕は成功したことはないです。

とはいえ、あまりひとつのことだけにとらわれすぎていても、うまくはいきません。バランスも大切。流れの中で、ここぞというときに、そこに兵力を集中させるのがコツだと思います。

そのためには、やはり優先順位をつけておけばいいのです。どれがいちばん極められそうか。最も得意なものから順番に、その技に持っていきやすいポジションを作っていくことがいちばん確実です。

突き抜けたモノを持っていれば、
平均値で負ける相手にも勝つことができる

〈神は細部に宿る〉という言葉があるのですが、関節技のポイントも細部にあります。細かいところが少しでもズレてしまうと、関節は極まりません。たった1センチでもズレると、腕をとっても極まらないのです。

そういった意味では、練習では細かくディティールを追求して、本番ではダイナミックかつ大胆に。大胆に動けば畏縮しないので、練習で身につけた通りのディテールが出せるというわけです。

また恋愛でも仕事でもそうですが、極めるべきチャンスにしっかり極められるかどうかは、日頃から自分を磨けているかどうかが鍵だと思います。あとは、極めに出る勇気も必要です。サッカーでいえばシュートを蹴らないとゴールネットは揺らせないし、告白する勇気がなければ片思いのままです。

さらにいえば『たら、れば、けれども』という言葉を使いすぎないこと。極められない人は、だいたいこの単語を頻繁に口にしているものです。「こうしたらよかった」「こうすればこうなったはずなのに」「こうしたいけれどもできない」といった具合に。

例えば、こういう会話は、経験ありませんか？

ある女性に恋をした友人の古賀くんが、僕に恋愛相談を持ちかけてきたときの会話です。

「自分、会社に新入社員で入ってきた荻野目洋子似の娘を好きになりました。付き合いたいんですが、どうしたらいいと思いますか？」

僕はこう答えました。

「好意を持っているのなら、勇気を出して告白すればいいのではないでしょうか」

＊「でも、彼氏がいるかもしれないですから」

「いないかもしれません。それに、もし本当に好意を持っているなら、いてもいなくても同じではないでしょうか」

「まあ、そうなんですが、でも釣り以外自信ないんですよ」

「そうですか。それなら、諦めるしかないかもしれません」

「いや、でも好きなんです」

「好きなら告白しなければ。彼女と交際したいのではないですか」

「でも、フラれたらショックですし」

「告白しないのなら、いつまで経っても自分の彼女にはならないでしょう」

「わかっているんですけど」

「わかっているのなら、勇気を出せばいいのではないでしょうか」

（＊にもどる）

もうエンドレス・レイン。

ずっとこんな感じでペースを持っていかれます。告白したほうがいいかも、でも、しないほうがいいかも……という会話の繰り返しです。こういう人は、いつも白と黒の両方を取ろうとして、両方取れないパターンにはまりやすい人です。もうドラマチック・レイン。

結局、人生はやるしかありません。行動を起こさなければ何も変わらないですから、極められるものも極められない。

もしも行動を起こして失敗したら、アプローチを変えればいいだけです。さっき言った『優先順位』でもって、新たなアプローチを試すしかありません。

しかし、究極をいえば、極めようなどと思わないのに極まるのがいちばんなのです。告白などしなくても、普段からちゃんと自分を磨いていれば、向こうから告白される可能性もあるのではないでしょうか。

練習ではディテールを追求し、本番では大胆に行く

結局、勇気を出して行動を起こさなければ、
極められるものも極められない

自分を一生懸命に磨いたとして、それでもなかなか極められないケースも人生には多々あると思うが？

そもそも自分自身の意識が作り上げた投影物がこの世界であり、周りの人たちでもあります。ですから『極められない』ときは、自分を変えるのが近道です。まずは自分の意識を変えて、世界を『極められる世界』にしてしまえばいいのです。

その際には、他者との調和を重んじることです。つまり誠実さを持って正直に生きるということです。そして、結局はそれが成功の極意なのだと思います。

他者の利益は自分の利益を生み、調和は調和を生むのです。

他者の利益は自分の利益を生み、調和は調和を生む

身体作りについて

理想の身体を作り上げる際に必要なものとは何だろうか？

ママに感謝。産んでくれてありがとう。

そして次はゴール（目標）を最初にしっかり設定することだと思います。ゴールを決めないままむやみにプロセスを歩もうとすると、『頑張っている理由』を途中で見失って挫折しやすくなります。

また、ゴールに到達するまでのプロセスの段階に、小さな課題をいくつか設定しておくことも有効なコツだと思います。たとえ小さな課題でも、それを毎回クリアしていれば、そのたびごとに『達成感』が得られて、やる気がさらに起こってくるからです。

逆に、ゴールも小さな課題も設定しないで、「とにかく筋肉をつけよう」「とにかく痩せよう」「とにかくキャバクラに行こう」と思っていると、それは挫折の原因になります。『とにかく』という感覚がマクロ的で曖昧すぎるのです。

自分の意識が現実を作り出しているということを思い出してください。筋肉をつけるならつける、痩せるなら痩せる、キャバクラに行くなら行く。ハッキリとした目的意識が必要なのです。

大雑把に「とにかく頑張る」と考えている人は、努力の成果が曖昧で見えにくいため、ついつい辛いほうにばかり意識がいってしまいます。「とにかくやってはいるけれど、成果が見えないから、辛い……」と考えてしまうのです。ダイエットをしている人ならば、「とにかく痩せる」という思考は結果的に空腹感に意識を向けるのと同じことになり、余計にお腹が減ってしまうというわけです。

小さな達成感を繰り返し味わっているうちに最終目標を達成してしまう。そういうプランを立てれば人は挫折をしにくいゴールをしっかり設定し、ディテールを具体的に描き、小さな達成感を得たとしても、ダイエットをしていれば誰でも腹は減るものではないだろうか？


もちろんお腹は減りますが、達成感を得ている人は、空腹に対する『とらえ方』が違ってくるはずです。

例えば、今のこの世の中を「幸福な時代だ」ととらえている人と、「動乱の時代だ」ととらえている人がいます。同じ世界に生きていても、前者と後者では、住んでいる世界はまったく違います。もしお金がなくても真剣にキャバクラに行けば、延長なしの1時間でも充実できます。僕も年に何回か人に誘われてしぶしぶキャバクラに行くのですが、それはなかなか充実した時間です。

あるいは財布の中にある最後の1万円札を見て、「今月はあと1万円しかないのか」と落胆する人と、「1万円も使える、キャバクラに行けるぞ」と喜ぶ人がいるということです。

ダイエットをすれば、感じる空腹はみな同じです。でも、達成感を得て『喜んでいる人』と、単に辛さに『耐えている人』とでは、空腹に対するとらえ方が180度違います。

喜んでいる人は空腹とダイエットの成果を結びつけて考えられるので、さほど辛くは感じないのです。

トレーニングをするときに『プラシーボ効果』というのを使うと効果的です。何だか、くるりの曲名的な響きですが、これは医療現場で使われている言葉です。

こんな事例があります。

風邪をひいて熱のある人に、医者が「よく効く解熱剤です」と嘘をついて、単なるブドウ糖の注射を打ちます。ブドウ糖には薬理作用はありません。ですが、どういうわけか、解熱剤だと信じた患者の熱は下がってしまう。これが『プラシーボ効果』。病は気から、なのです。

何を言いたいのかというと、『信ずる者は救われる』ということです。これをやれば痩せるとか、筋肉がつくというものを見つけて、それを信じて最後までやってみると案外いいものなのです。

いずれにせよ、身体作りは楽しんでやらないと続きません。トレーニングは当然きついですが、楽しいものです。たしかに僕はM野郎かもしれませんが、この楽しさはMのそれではないのです。

肉体作りでも、メンタルな部分でもいいのだが、人生において危機はあったか――あったとすれば、そのときどう対処したのだろうか？

危機はないです。でも、魔女宅のキキは好きです。ジジも好きです。危機だと思うから危機なのであり、実はこの世の物事はすべて中立だと思います。ですから、一見マイナスの状況であっても、それを危機だとはとらえません。

ただ、あえて危機に似たものを挙げるとするなら、試合前の怪我でしょうか。自分の気のゆるみが悪いのですが。

それに、怪我を危機ととらえて弱気になってしまうと、つい言い訳を口にして『セルフ・ハンディキャップ』を設定してしまいます。なんだかＧ１を制覇しそうな名馬的な響きですが、そうなると、いい結果は望めません。

『セルフ・ハンディキャップの設定』とは、負けたときや失敗したときのために、あらかじめ何かしらの言い訳を設定しておくことをいいます。

「負けてもしょうがない、この怪我だから……」

こうなってはもう、気力も集中力も低下して、いい試合ができなくなります。

トレーニングでも同じです。

僕もかつては風邪を長引かせてしまい、いつまでも体が重くて、練習を休んでいたことがありました。「練習できない理由はこの風邪にある」と、自分で言い訳を設定していたのです。

しかし、そのときジムにいるメグ・ライアン似の男性トレーナーが、「風邪が治らないのなら、むしろ練習してごらん」と僕の耳元でささやきました。なぜに耳元でささやいたのかが気になりながらも、言われるままに練習を始めてみたら、不思議なことに身体が軽くなりました。

実は風邪は治りはじめていて、自分が勝手にまだ風邪だと思い込んで身体を重くしていただけだったのです。

最近は、くたびれたときは、身体を使ったトレーニングをピタリとやめてしまいます。そして、大好きな温泉に行ったり、釣りに行ったり、しぶしぶキャバクラに行ったり、自然に触れたりして、極力ゆるゆるとした気分で過ごしています。

人間誰しも、すべてを隙間なくパーフェクトにこなそうとしていると長続きしません。ですからトレーニングにも（食事も含めて）少しはゆとりを持たせるようにしてはどうかと思います。

完璧主義は人生を息苦しくします。

無理をして失敗するよりは、少し楽にして続けたほうがいい。とりわけ身体作りにおいては、本当の意味で〈継続は力なり〉です。

そして、継続し続けることにより、一定の臨界点を超えるとすべてが変わります。

無理をして失敗するよりは、少し楽にして続けたほうがいい

リラックスについて

あなたにとって、理想的なリラックス状態とは何か?

世の中で「達人」と呼ばれる人は、いい具合に力が抜けていると思います。僕は今、書道を習っているのですが、やはり先生には『力み』がありません。リラックスしたまま身体全体で流れるように筆を動かしながらも、体の軸だけはしっかりと安定させています。これはすべてに通じている、バランスのいい力の抜き方だと思います。ちなみに僕の子供のころの夢は、楽をして生きていけるクラゲでした。今でも中華料理屋に行ったら必ずクラゲの前菜を頼みます。ある種、共食いです。

理想的なリラックス状態とは、『水』ではないでしょうか。水は、どんな器に入れてもその形になれます。そして、己の形が変わっても、自分自身が水であるというアイデンティティは決して失わない。〈和して同ぜず〉です。周囲とは争わず調和を重んじるが、自分の信念はしっかりと持ち、安易に同調したり迎合したりはしないという意味です。もしくはドラクエのスライム。合体してキングスライムになるという柔らかい発想は、普通出てきません。

柔軟な発想力を育てるには、普段からスイッチのオンとオフを意識するように心がけるといいと思います。緊張と緩和――シンプルですが、これは人生において大切な切り替えです。

例えば、サラリーマンAさんに重要な仕事のプロジェクトが与えられたとします。Aさんのプロジェクトなので仮に『プロジェクトA』とします。Aさんは帰宅後も、『プロジェクトA』のことで頭を悩ませ、ずっとリラックスできません。夢の中にはサモ・ハン・キンポーが出てきたりします。翌朝も、彼は緊張を持続したまま会社に行ってしまいました。さて、そんな日々が続くとどうなるでしょうか？　疲れてしまって、ここぞというときに力を発揮する瞬発力がなくなってしまいます。それでは仕事もうまくいきません。有馬記念のときのディープインパクトがそうだったと思うのです。そのせいであんな風に負けてしまった。おかげで僕の馬券が……ちくしょー！……いや、後悔はよくありません。

仕事のプロジェクトでも何でもそうだと思うのですが、何か他よりも突き抜けたモノを表現するためには、瞬発力が必要です。リラックスができないということは、つまり、そういう突き抜ける力を失ってしまうということでもあります。

本当のリラックスとは、ひとことで言うと『そのことについて考えないこと』です。ただ捕らえられた宇宙人のように力を抜いてダラーッとするだけではなく、そのことについて考えないし、見ないし、触れない。そこまでさせると効果的です。

本当のリラックスとは、
そのことについて考えない、見ない、触れないことである。
リラックスができれば、
いざというときの瞬発力も手に入れやすくなる

オンとオフをきっちりと切り替えるためには、自分の身を置く環境を変えるのもひとつの手だと思うが、どうだろうか？

やはり自然の中に身を置くのがいいのではないでしょうか。人それぞれですが、森の中は独特です。深閑としたトトロのいそうな森の中を歩いていると、少しずつ自分がリラックス状態に『変わっていく』のがわかります。

変わるというのはつまり、自分自身の存在の周波数帯が変わるということです。森の散歩では、それをリアルに認識できます。

量子の世界でいえば、1本の缶コーヒーを、Aの位置からBの位置に移動させると、もうその缶コーヒーは違う物質に『変化』しているらしいのです。ですから、リラックスした状態に自分が『変化』するために、森の中を歩くのです。

人間として成長することも同じです。〈朱に交われば赤くなる〉とよく言いますが、一流の人間の集まる場所に自分を置いたり、常に一流の空気、あるいは波動に触れるようにしていると、その人も一流になる傾向があります。

僕も初めは地元のホテルイースト21の喫茶店で「コーヒーが1000円かよ！」と思いましたし、しぶしぶ行くキャバクラといえば近所の西葛西か錦糸町でした。

ところで、人間の意識には、大まかに3つの層があると言われています。まずは表面的な『顕在意識』、その次が心の奥深くにある『潜在意識』、そして最後が『高次意識』です。

この『高次意識』というのが、いわゆる無の境地です。頭で考えずに体が勝手に動く――そこに達すると、理想的なリラックスが得られますし、逆に強さも発揮できます。

このようにオンとオフのギャップがあるほど、人生は豊かに感じられるものです。ヤンキーが更生して就職すると、普通の人が就職するよりも偉いような気がしてしまうのと一緒です。

一流の人が集まる場所に身を置いたり、常に一流の空気、あるいは波動に触れるようにしていると、自分もだんだん一流になる

日常的に頻用している簡単なリラックス方法は？

リラックスするためには『呼吸』が大切だと思います。

人は緊張を感じると胸で浅く呼吸をします。すると重心が胸のほうに上がってきて、心身ともに不安定な状態になるのです。

そこで腹式呼吸をします。

丹田（ヘソの下）に意識を置きながら下腹部で呼吸をすることで、重心を胸からぐっと下げていきます。そうすると心身のバランスも安定して、上半身の力も抜けてリラックスできます。

人間はゆっくりと息を吐くときに『アルファ波』というくつろぎの脳波を出しますので、深呼吸をするだけでもリラックス効果はあります。

最も効果のあるリラックス方法は瞑想です。

瞑想とは、部屋の中を掃除することと同じです。部屋が片付いていないと探し物は見つかりにくいはずです。

人は常に何かを考えています。だから考えるのをやめる。すなわち頭の中を整理します。部屋を掃除すれば探し物は見つかり、ひらめきやアイデアが生まれます。

瞑想をしているうちに意識が変わるときがありますが、それがアルファ波に入った状態です。この状態を自分でコントロールできれば、リラックスだけではなく、悩みや葛藤からも解放されやすくなります。

なぜなら、この実在世界は周波数帯ごとに階層構造になっているので、高く上がれば遠くが見えるからです。つまり脳波を高い階層のアルファ波（8ヘルツ）に同調させていれば3次元以上の情報が流れ込んでくるので、この世の葛藤からは卒業できます。8ヘルツの階層は4次元なのです。

瞑想のやり方はいろいろありますが、型にとらわれず、ただ座って目を閉じて、静かに自分の呼吸に意識を向けるだけでいいです。大切なのは瞑想に関する知識ではなく、自らがアルファ波の状態へと移行することに自然と気づくことです。「瞑想とはこういうものだ」という知識が先行してしまうと、そのイメージが意識に固定化してしまい、ひとりひとり違う瞑想体験があるはずなのに、それを見過ごしてしまうことになります。

瞑想は決して難しいものではなく、誰にでもできます。必要なのはやり続ける意志と信念、これだけです。シンプルすぎると思われるかもしれませんが、偉大な真実とはいつもシンプルなものです。考えるから、難しくなる。

考えを手放し、目の前の扉を開けてください。

奇跡とは、あなた自身から始まるものだということを思い出して。

沈黙から答えが生まれます。

奇跡は、あなた自身から始まる

あとがき

本書を執筆中、久しぶりに宮崎駿作品の『風の谷のナウシカ』全7巻を読んだ。

この物語は高度文明が戦争によって破壊されて、そのあとも戦争をしている話である。そういった意味でナウシカの世界はこの世の過去か、この世の未来で、僕らが住む世界とのパラレルワールド〈並行世界〉が描かれたものかもしれない。

もし未来を描いたものならば、僕らが今の世界を変えていかなければならない。彼女の生きた時代を現実にしないためにも。

ナウシカは自ら戦いながらも、戦うことの無意味さを感じていく。結局、人間のエゴなのだと。

本当の意味で「戦う」ということは、自分自身に打ち勝つことなのかもしれない。一方に敗者がいては、真の勝利は得られないのではないだろうか。

ほとんどの人は自分さえよければいいと考える。それはそれで間違いではない。しかし「自分」という定義をどこに持っているかが問題である。家族を持っている人は家族を「自分」と考えられるし、組織に入っている人はその組織を「自分」と考えられる。しかし、局地的なもの以外は、「みんながお互いにバラバラ」と考えるから民族紛争、宗教戦争、国家間の対立が生まれる。

これらを感じさせるナウシカの台詞《せりふ》がある。

「世界を敵と味方だけに分けたら、すべてを焼き尽くすことになっちゃうの」

人類が、分裂という何千年も続いた悪夢のような幻想から抜け出せば、世界は変わるはず。世界を焼き尽くすのは寂しすぎはしないだろうか。

もし偉大なる絶対的何かから、この相対性の世界が生まれたならば、目の前に映るものも映らないものもすべて自分自身のはず。すべてが自分自身ならば、みんなが自分にしてほしいことを相手にしてあげることができる。他者というものは存在しない。なぜなら、すべてはひとつだから。

僕は、自分なりの哲学や思想を、テーマごとにこの本にまとめてみた。その中ですべてに通じて言いたいことは、「すべての生命が喜びと愛にあふれることが真の成功なり幸福である」ということ。

『風の谷のあの人と結婚する方法』というタイトルにしたのも、ひとりひとりがナウシカに象徴される自然に対する敬意と、愛と慈悲なる形而上的な何かにつながる、という意味を込めて付けさせてもらった。

そろそろ思い出してもいいのではないだろうか、僕らは地球というゆりかごに揺られて生きていることを。地球は僕らのものではなく、僕らが地球のものであるということを。

地球にとって今の人類は癌細胞みたいなものなのに、子供の成長を見ているかのように、ただ見守ってくれている。

母親に抱きしめられている赤ん坊のような、穏やかで平和な世界を目指していこう……ナウシカが最後に着ていた服のシミのように、美しく輝くこの世界に。

We are all one.

須藤元気

解説

森沢明夫

須藤元気という不思議な人物と出会い、メールを始めて数ヶ月経ったころから、私の周辺にはいろいろな『変化』が起きはじめました。なかでもいちばん顕著な『変化』は、シンクロニシティ（偶然の一致）が頻繁に起こるようになったことです。

例えば、こんなことが起きました。

ある深夜のこと、連載エッセイの原稿の〆切りに追われていた私は、仕事部屋からリビングに出てコーヒーをいれていました。そのとき、なんとなくですが「ちょっと息抜きに、須藤に返信メールでも送ろうかな……。でも、やっぱり明日にしようかな」と考えていると、電源が入っていないはずのテレビが『カチカチッ…』と小さな音を立てたのです。「故障かな……？」不審に思った私はリモコンを手にし、テレビのスイッチを入れてみました。すると、その画面に須藤の顔が映し出されたのです。たまたま深夜映画で彼の出演した作品が放送されていたのでした。しかし、そのあまりのタイミングに背筋がゾクリとして、思わず後ろを振り返ってしまいました。後日、私はぼんやりと考えごとをしながら、都内をひとりで歩いていました。そのとき考えていたのは「今度は須藤にどんな質問メールを送ろうかな」というものでした。すると、道路の反対側から歩いてきたサングラスの男が、ふいに私の前に立ちふさがり「森沢さん、こんにちは！」と清々《すがすが》しい口調でペコリ。

そうです、須藤本人だったのです。冗談みたいなタイミング。おかげで私は彼と直接相談をすることができました。

もちろん彼とは無関係なシンクロ現象も、それこそ無数に起きましたし、今でもしばしば起き続けています。

シンクロ現象は単なる偶然ととらえることもできますが、それがたて続けに起こるようになったので、初めのころの私は『怖さ』すら覚えていました。そして、そのことを須藤に話したら、彼は平然とした口調で「あ、シンクロの波に乗ったんですね。よかったですね」と言って、ニッコリ。

彼の日常には、私とは比にならない頻度でシンクロ現象が起きているようです。だから、私の話を聞いてもさして驚くようなことはないのでしょう。

そもそも私は、見えないものに関しては中立の考えを持っていました。「信じる派」でも「信じない派」でもなく「あってもいい派」でした。ですから現実として体験してしまったシンクロに関しては、そのまま素直に受け入れることにしました。まぁ、そういうモノもあるのだろう……、という気楽な感じで。

シンクロ現象というものは何かの「お知らせサイン」であり、起きるのには意味があるのだと彼は教えてくれました。たしかにそのサインに気づいたことで、それが直接「幸運」につながったこともありました。でも、正直いうと、そのサインの意味がわからないことも多々あります。しかし、偶然の一致があったというだけで、なんだか楽しいものです。

彼はこう言います。

「地球上の誰もが『つながっている』ので、シンクロ現象は大なり小なりみんなに起きているのですが、そのことに気づいていないことが多いんです。もったいないですよね」

せっかくですから、この本を読了してくださった方には、ぜひともサインに『気づいて』ほしいと思います。

現在、新刊本は一日に200冊以上も刊行されているそうです。そんななか、あなたがこの本を手にした偶然には、何か素敵な意味があるのかもしれません。この本を媒介に須藤元気とつながって、私と同じように『変化』を味わってみてください。それはきっと『いい変化』です。私は彼と出会う前よりも、確実に今のほうが楽しく人生を生きています。

最後に、この本とつながってくださったすべての方々に感謝！

この作品は二〇〇六年八月ベースボール・マガジン社より刊行されたものです。

風《かぜ》の谷《たに》のあの人《ひと》と結婚《けっこん》する方法《ほうほう》

須藤元気《すどうげんき》　森沢明夫《もりさわあきお》

平成20年8月10日　初版発行
平成25年6月10日　3版発行

発行人――石原正康
編集人――菊地朱雅子
発行所――株式会社幻冬舎
〒151-0051東京都渋谷区千駄ヶ谷4-9-7
電話　03(5411)6222(営業)
　　　03(5411)6211(編集)
振替00120-8-767643
印刷・製本―中央精版印刷株式会社
装丁者――高橋雅之

幻冬舎文庫

ISBN978-4-344-41173-9　C0195　す-6-1